句集

高天《たかま》

三村純也
Mimura Junya

朔出版

句集　高天　目次

句集　高天

たかま

平成二十七年

三十三句

大阪の寒さいよいよ初戎

成木責終れば鴉鳴きにけり

炬燵猫菩薩顔してゐたりけり

一病の行きつ戻りつ冴返る

春障子さんざめきつつ更けにけり

拳を打つらしき影ある春障子

春子榾砦の如く組まれたる
母方は絶えたる彼岸詣かな

貝寄風や住吉に海遠くなり

見足りたる花の誘へる熟睡《うまい》かな

母の日や駅に花屋のワゴン出て

軒低き膳所の古町夏燕

暮れてゆく薔薇の香りの高きまま

生粋の芦屋育ちの初袷

一の滝高く二の滝広くあり

人に尾のありし頃より山椒魚

鉾立たぬ路地に研屋の来てゐたる

東山暮れゆく水を打ちにけり

新涼や子と初めての酒を酌み

供へたる水減つてゆく施餓鬼かな

草市のほのかに匂ふものばかり

三宮 Bateau

よき店によき客集ふ夜長かな

曲るたび路地暗くなる秋の暮

大盃にぴたりと注がれ新走り

大手門懸崖菊を据ゑにけり

山茶花や喪中なればの用多く

着ぶくれてスマートフォンがどこへやら

大阪　ミナミ　二句

河豚の鰭干しあり支度中とあり

動く看板光る看板十二月

薬喰終りし鍋の脂かな

夜神楽や神々異形ならぬなく

爪先のほぐれゆくなる柚子湯かな

拝殿の灯り暗めて年籠

平成二十八年

五十二句

手帳書き替ふる間もなく去年今年

買初の母の好みの抹茶かな

福餅を発止と受けて初戎

淀屋橋さへ渡れざる吹雪かな

着ぶくれの誰かに匂ふサロンパス

谿の底より雪折の音響く

二合半《こなから》の酒は欠かさず風邪籠

寒肥の穴浅からず深からず

晴れ続くままに三寒四温かな

付け終へし採点表に日脚伸ぶ

悴みて安請け合ひをしてしまふ

白梅にして一枝は紅を帯ぶ

松原へ春一番の波しぶく

空目づかひをしたまへる雛かな

昆布〆のさごし欠かさず雛の膳

鰆東風とて大時化となることも

陽炎の道たどり来て石舞台

華鬘草咲いて吉野に谷いくつ

華鬘草毀釈の後は寺絶えて
蘖えてなほ千年を保つべし

一番湯浴びて道後の朝桜

大空へ連れ立つてゆく柳絮かな

異人館ここもミモザの花盛り

キャンパスに誰が吹きゐるしやぼん玉

紅白をいづれも極め初牡丹

今日来よと今来よといふ牡丹かな

遅咲きのぼうたん一つ練供養

けぶるより咲きやうのなき花樗

祭香具師地割に揉めてをりにけり

梅雨深し桂の葉蔭さへ暗く

夏至の日の暮れゆく金波銀波かな

はじめから傾いてゐる水中花

空蟬の目が見据ゑゐる前世かな

すててこの時に限つて人が来る

夕虹を一人見てゐるベンチかな

蟻地獄五劫の時を経し如く

代々の養子続きの墓洗ふ

墓洗ふ生前知らぬ者ばかり

生身魂生前葬も済まされて
いくつかは書き損ねたる大文字草

沼空忌能登にも葛の谷深し

立ち消えの線香多き秋彼岸

伯母　池内豊子を悼む

長き夜の船《せん》場《ば》の昔語りかな

家売れて手入せぬ松残りたる

鵙日和とは山日和里日和

香奠の相場諮りてそぞろ寒

横川へと初霜置ける阿闍梨みち
鴨鍋や湖賊の話聞きながら

鰭酒に思はせぶりなことを言ふ

夜船見えポインセチアの出窓かな

常連となつて幾とせおでん酒

人叩く癖ある女年忘

平成二十九年

三十一句

春着の子はきはきものを言ひにけり

方丈の雪隠にまで鏡餅

寒の雨降るも縁と札所打つ

一病を救ふが如く日脚伸ぶ

戻ればまた薄氷となるところ

虚子館に花絶ゆるなき二月かな

長男の次男のバレンタインデー

恋猫の執念く睨み返しけり

「山茶花」主宰就任二十周年　二句

今日のため少し早めの花衣

一切を都の春に委ねたる

稲荷山より春雷の一ト転げ
降りしきる雨の中なる初桜

何ごともなき交番の花の昼

石庭の砂紋乱して鳥の恋

咲き満ちて浮き上がりたる桜かな

頼みとは子猫貰ってくれないか

チューリップ開いて何も飛び出さず

蜃気楼見しことありと誇らしげ

葉桜や箸は先より古びゆく

父の日や父らしきこと何もせず

ラムネ玉大きく鳴つて飲み終る

遠きほど水の輝く晩夏かな

一反を任されてゐる案山子かな

スカウトの人の来てゐる宮相撲

狸小路狐横丁十三夜

一茶忌や雀に仏供《ぶく》の米を撒き

小春日の大阪湾といふ鏡

水車汲む水に大根洗ひけり

速達の次は宅配日短

お精進なれど粕汁具沢山

新聞の薄きを読んで小晦日

平成三十年

四十七句

初鶏や国家紅《こつかこう》とはものものし

二月堂より見下ろしの初景色

寒椿瑕もろともにふくらみ来

春時雨建礼門を濡らしゆく

バレンタインデーの夜更けにチョコ届く

羽ばたいて走りて鳴いて鳰うらら

ふんだんに嵯峨竹使ひ垣手入
開帳を三度をろがみ白寿とぞ

春愁やアールグレイを濃く淹れて

夜の色となりつつ燃ゆる牡丹かな

野菜売来てゐる路地の薄暑かな

大垣祭　二句

軸《やま》人形子らの謡に舞ひにけり

市役所へ練り込んで来る祭山車

戸袋に巣のあるらしき守宮かな

東吉野　五句

罔象女《みづはのめ》宿る真名井の五月闇

大前は禁漁にして鮎泳ぐ

さざ波となりつつ蛇の泳ぎ去る

待つほどに雨にも蛍飛び交へる

十薬に日に幾たびの通り雨

明石　二句

こぐらがる軆をほどきて耀り始む

ことさらに半夏蛸とて糶り始む

行商の被りつづけの夏帽子

椅子席の川床のフランス料理かな

揮毫みないつかは遺墨雲の峰

何となく夜のプールといふ蠱惑
じやらじやらと硬貨働く夜店かな

草市のしまひ頃なる雨少し
落ちてゐる一葉に落ちて来し一葉

こんなにも雲低くなる厄日かな

丹波柏原　ステ女忌　九月九日　三句

秋の蝶雨にも飛んでステ女の忌

初ものの丹波の栗も貞閑忌

貞閑はステ女の法名

干すほどに小豆色なる小豆かな

動脈も静脈もある鶏頭花

秋晴を無駄に過ごしてしまひたる

陵をいくつ横たへ虫の闇

初猟の朝の大気のよどみなし

伊丹　昆陽池　二句

ジェット機は翔ち綿虫はただよへる

鴨を見てきて鴨なんば食ひにけり

濁り酒吉野の雪の白さあり

亥の子突く今も地主の三和土かな

切りしもの伐り出せしものの冬構

戻りつつ暮れつつ石蕗の花明り

失せ物に短日使ひ果したる

葱を買ふだけにわざわざ錦まで

掛乞も女将の腕の見せどころ

産土へ詣でてよりの年用意

年越しの蕎麦に本鴨奢りたる

平成三十一年・令和元年

六十句

見せ合うて笑ひ転げて初みくじ

大福や北野の梅を授かりて

観音の大悲にすがり初諷経

宝船船酔ひ顔の一人あり

みどり子の目の餅花の揺れを追ふ

船場回顧　六句

謡初微醺ながらも膝揃へ

初荷出す手締めも南久宝寺

初荷出し終へてふたたび小酒盛

文鎮の日を返しゐる名刺受

藪入や二段ベッドを片付けて

藪入もせず三畳に寝転がる

受話器持ち換へて湯ざめと気づきたる

一貫の一徹の大氷柱かな

どこをどう降りしクレーン川普請

春節や天へ突き上げ皿廻す

フェリー着く波止をうろうろ恋の猫

新しき風吹き過ぐる焼野かな

鯛めしの幟はためく東風の街

雁風呂に旅の一座も与れる

御僧に追ひ焚きもして雁供養

越中は第二の故郷鳥雲に

墨まみれなる飯蛸を糶り落とす

入学の宣誓の子の茶髪かな

学ぶことばかりの虚子を祀りけり

水明りしていつまでも夕桜

とめどなく逢魔が時の花吹雪

當麻寺　二句

双塔の見ゆる畷の草若葉

蓮糸といふ曼荼羅の朧かな

年寄の隠れ遊びの春の宵

改元のご沙汰の春を惜しみけり

皮脱いで令和の竹となりにけり

團菊祭本日初日楠若葉

八寸に添へて小さき粽かな

母の日の妻へワインを選びけり

昨夜の雨こぼして蕗を折つてゆく

陵の映り余れる代田かな

鵜飼果てても川宿のさんざめく

拝領の紋を染め抜き夏暖簾

相逢うて宵宵山の夜なりけり

重文の太刀も屏風も宵飾

動かざる時も蟷螂山人気

売り切れし粽長刀鉾なれば

仁左衛門手拭ひを撒き船祭

実家とは昼寝をさせてやるところ

山荘の雨に覚めたる昼寝かな

兜虫獲りし櫟も枯れにけり

潜水艦浮けば無防備雲の峰

初嵐一本松に韵きけり

送火をいつまで屈み焚く人ぞ

雲間より月の覗きて大文字

撫子を地蔵の供華に添へにけり

葛の葉の車窓に迫りひるがへる

追ひ打ちをかけて雨月の雷ひとつ

蟷螂に売られし喧嘩なれば買ふ

暗渠より水音高き秋の暮

嵯峨野とは秋を惜しみにゆくところ

立冬や気の張る仕事一つ増え

マスクしてゐてしやべることしやべること

能登瓦照らし出したる鰤起し

いつしかに横に来る奴年忘

令和二年

五十四句

読み返しみて得心の初みくじ

瑞木に瑞鳥あそぶ春着かな

山越えの田舎のバスの隙間風

鴨翔つて日当る湖のあるばかり

立つはずもなき立春の卵割る

目配せを咎められたる絵踏かな

水光りをらぬところは薄氷

座禅草紅のしびれて来たりけり

水を替へ水を替へても泥蜆

三光を蔵して枝垂桜かな

さゆらぎもせず夜桜となりゆくも

たつぷりと蜜ためしまま落椿

古茶淹れて蟄居に似たる身なりけり

百舌鳥古墳群新緑を塗り重ね

袋角隠しどころの如くあり
摘み残すことが掟の夏蕨

葭切の鳴き立ててゐる日照雨

竹夫人弘法市で買ひ来たる

靄こめて夜の雨止む青葉木菟

疫病蔓延の日々　四句

草取も終へて家居の時余る

五月蠅なす神のはびこる月日かな

五月蠅なす神の仕業の長雨かな

五月蠅なす神の嗤へる夜の闇

大蛇棲む池も祓ひて山開

星空へ祈雨の太鼓の響きけり

川風の夕べ強まる合歓の花

悼　千原叡子先生　二句

梔子の花に面輪の立ちそよぐ

偲ぶこと思ひ出すこと夕端居

人は失せピアノは残り原爆忌

迎鐘撞くにソーシャルディスタンス

ふる里の船場廃れて盆の月

掃苔や嵯峨野は空の澄み始め

いとしこひしいとしこひしと法師蟬

継がぬまま松《しよ》鶴《かく》の名古る白露かな

六代目笑福亭松鶴　昭和六十一年九月五日没

母のもの妻が着てゐる秋彼岸

木洩日の動くと見れば穴惑

重陽の名残の鱧を喰ひにけり

見物が絶句を継いで村芝居

大切りは月夜となりぬ村芝居

井戸端に鯉を捌ける秋祭

色鳥のツートンカラーモノトーン

特大を天狗と呼びて茸採

喰ふうちに笑ひ出したるきのこ鍋

伏見界隈　二句

寺田屋の大提灯のしぐれけり

鏡板褪せたる舞台神の留守

狐火のとんぼを切つて消えにけり

深吉野某所　三句

薬喰役行者の秘薬混ぜ

金精大明神の軸掛け薬喰

家筋の者しか呼ばず薬喰

昼酒をいつから覚え木の葉髪

霜晴の杉の雫に打たれけり

柚子百個小突き合ひつつ湯に浮かぶ

聖き夜の鳴り止む間なき駅ピアノ

年惜しむいつもの店の片隅に

令和三年

五十句

若水を浄水器より汲みにけり

おめでたをほのめかしある初便り

がらくたをまた買うて来て初弘法

風呂敷の更紗も二月礼者かな

雪ちらとバレンタインの日なりけり

残雪やダムの工事の遅々として

イケメンのオーナーシェフの春の風邪

自由席乗り継ぐ旅の春めきぬ

おひたしの鶯菜とは京らしく
天ぷらに如くなき楤の芽なりけり

おほよそに摘み来て蓬選り分くる

河内　道明寺　二句

甘茶杓尼の手作りなりしかな

甘茶仏とはしたたりてをればこそ

深吉野の桜隠しに籠めらるる

何もせず何も起こらず春の昼

春愁や仕事机に傷増えて

駅の名のさくら夙川春惜しむ

蟻這うて明日は芍薬開くべし

七葉の台座の上の朴の花

明日舞ふ能の夢見て明易し

吾を宿す母の浴衣の写真かな

吾を抱ける甚平の父の腕太く

時計草この世ならざる時を指す

梔子の錆びとどまらず香りけり

形代に画数多き名を記す

うどん打ち蛸をぶつ切り半夏生

鳥居立つ藩主の廟のなめくぢり

泡一つ二つ三つ四つ田水沸く

ウイルスは変異し海月浮き沈み

行く人もなき寺町の片かげり

父母の忌の遠くなりゆく門火かな

ひぐらしや還らぬ月日呼ぶ如く

はればれと踊り明かせし顔ばかり

朝風呂に踊疲れを沈めたる

秋風や立ち上がらんと膝崩れ

悼　深見けん二先生

新しき塔婆の木の香秋彼岸

舞ひ終へてそのまま忘れ扇かな

薄れたる定規の目盛り秋灯

風を呼ぶものばかり生け月の供華
黄身餡の菓子をあつらへ月の茶事

丈競ひ色は競はず秋の草

蟷螂の攻めに守りに鎌ひとつ

濁り酒舌なめづりをな咎めそ
沢庵を漬けたる桶の傾ぎぐせ

駅の名に橋の名多し近松忌

てつちりや飲みつぷりよき子に育ち

一泊の丹波と言へば牡丹鍋
粕汁に京の七味の欠かされず

銘柄の酒選ることも年用意

大晦日一円玉を拾ひけり

令和四年

五十一句

獅子舞の一家の頭嚙んでゆく

獅子舞の新米らしき足づかひ

初場所の大一番の喧嘩四つ

奥の院雪に埋もれて初大師

立春の朝餉の玉子かけご飯

水音にかたくりの花目覚めそむ

弘川の風花日和西行忌

汀子亡き庭の淡墨桜かな

出ては摘み出ては摘まれて山椒の芽

石山寺　二句

お前立さへも秘仏のご開帳

勅封の錠前を解きご開帳

汀子逝き吾等老いゆく虚子忌かな

春愁や戦後生まれも喜寿となり

水占の水に落花の貼り付ける

虚子館に汀子亡き春惜しみけり

春愁や割りし玉子の黄身つぶれ

窓開けてわが誕辰のみどりの日

乙訓の黄金色なる竹の秋

怨霊を封ぜし寺の牡丹かな

桐の花仰ぎやましき心なし

天龍寺　四句

芭蕉玉解き御僧は只管打坐

筋塀を抜き出で芭蕉巻葉かな

接心の済みたる新茶淹れにけり

胡麻豆腐舌にからまる薄暑かな

さくらんぼ不公平なく行き渡る

豊葦原瑞穂国を螻蛄泳ぐ

梅雨湿りして折れ易きチョークかな

船鉾の舵切らぬまま辻曲る

立版古勝どきの刃を上げ揃へ

別伝の免状受けて袴能

嗄れし素読の声も夏期講座
次が咲くから凌霄花の散つてゆく

突然にしかも夜中に帰省の子

非文遺愛汀子形見の女王花

透けてきて萎れそめたる女王花

盆路に夕風荒くなりにけり

門火焚く遺族の家の札今も

仏前に転がしてある西瓜かな

ひぐらしの高音の遠音なりしかな

傍らに津波の碑あり地蔵盆

昼を守る老の居眠る地蔵盆

間引菜といふトリアージされしもの

ただ立つてゐる子がひとり赤い羽根
ゐのこづち忍びの術を知つてゐし

鉢叩犬に吠えられをりにけり

あの頃のバラック校舎青写真

時雨なほ偲び心をつのらせて

鋲一つ落ちしポスター十二月

丹田のぬくもつて来る牡丹鍋

年惜しむべく遺影あり遺筆あり

汀子恋ふ心に年を惜しみけり

句集　高天　畢

あとがき

令和六年三月末をもって、約四十年に亙る大学教員としての勤めを終えた。これを期として、第六句集を編むことを思い立った。

令和四年二月、稲畑汀子先生が逝去され、私が師として選を仰いで来た下村非文、清崎敏郎両先生とともに、みな故人となられてしまった。この事実を私なりに受け止めて、この年までの作品をまとめてみた。従って、前句集『一《はじめ》』の後を受け、平成二十七年から令和四年までの作品、凡そ二八〇〇句の中から、三七八句を収めることにした。

タイトルの「高天《たかま》」は、大学へ登校するたびに仰ぎ見てきた、金剛葛城山系の古名に因んだ。大阪の最高峰として聳える金剛山、その左にどっしりと横たわる葛城山は、古くは一体の峰とされ、修験道の山伏修行の聖地であり、ここが高天原だという伝承も残っている。その雄姿は春夏秋冬、朝夕、さまざまな表情を見せてくれ、私の心を慰めるとともに、詩嚢を膨らませてくれた。その山霊に敬意を表して命名した。

花鳥諷詠とは何かという問いに、今もって答えることは出来ない。しかし、それを一つの思想と考え、それに随順して生きてゆくという覚悟は定まって来たように思う。教員と俳誌の主宰という二足の草鞋からやっと解放された今、季題と五・七・五の定型で捉えられる世界を、ありとあらゆる方向から、また、さまざまな表現をもって探ろうとする興味は、いよいよ高まって来ている。

この度は、朔出版の鈴木忍氏に、一方ならぬお世話になった。厚く御礼申し上げる。その他、私を応援してくださっている方々にも、心からの謝意を表したい。

令和六年九月

三村純也

著者略歴

三村純也（みむら　じゅんや）　本名　昌義

昭和二十八年五月四日、大阪、船場に生まれる。慶應義塾大学大学院博士課程修了。中世国文学・芸能史・民俗学・近現代俳句史などを専攻。令和六年三月、大阪芸術大学を最後に、約四十年に亙る大学教員生活を終える。

中学時代より作句を始め、昭和四十七年、高校の地理担当教員の原沢貞水の紹介により「山茶花」に入会、下村非文に師事。その斡旋により、清崎敏郎、稲畑汀子の指導を併せて受ける。

平成九年、石倉啓補の指名により「山茶花」を継承、主宰。

句集に『Ｒｕｇｂｙ』『蜃気楼』『常行』（第二六回俳人協会新人賞受賞）『観自在』『一（はじめ）』（第三四回詩歌文学館賞受賞）など。著書に『芸文伝承研究』『折口信夫事典』『大阪の俳人たち４』（共著）など。

現在、俳人協会評議員、日本伝統俳句協会評議員、虚子記念文学館理事、日本文藝家協会会員、大阪俳句史研究会代表理事、俳文学会会員。

現住所　〒六五七-〇〇六八　神戸市灘区篠原北町三―一六―二六